첫 키스에서 중요한 것은

Ce qui compte dans le premier baiser
Copyright 2007 GULF STREAM EDITEUR NANTES.

Korean translation copyright © Chungeoram Junior, 2008
This Korean edition was published by arrangement with Gulf Stream.

이 책의 한국어 판 저작권은 프랑스 Gulf Stream 출판사와 독점 계약한 청어람주니어에 있습니다.
저작권법에 의해 한국 내에서 보호를 받는 저작물이므로 무단 전재 및 무단 복제를 금합니다.

이 도서의 국립중앙도서관 출판시도서목록(CIP)은 e-CIP 홈페이지(http://www.nl.go.kr/ecip)에서
이용하실 수 있습니다. (CIP제어번호: CIP2008002698)

첫 키스에서 중요한 것은

청어람주니어
Changeoram Junior

나는 원소로부터 시작하리
너의 목소리, 너의 눈동자, 너의 손, 너의 입술
—폴 엘뤼아르

나의 이빨로
나는 삶을 물었네
내 젊은 시절의 칼날 위에서.
나의 입술로 오늘을
오직 나의 입술만으로······
—르네 샤르

혀

키스의 주인공

혀 말이야, 혀. 어떻게? 어느 쪽으로? 얼마나 빨리? 그것만이 아니야.

누가 시작해야 하는 거야? 남자야? 아니면 여자야?

혀는 어디까지 넣어야 하지?

니꼴라는 말했다.

"편도선까지, 그 애의 편도선까지 간질여야 해."

"그 애가 편도선 수술을 받았다면?"

"바보야, 눈을 감고 전진하기만 하면 되는 거라고."

'눈을 감는다고? 난 그런 거 싫어. 전진한다고? 대체 그게 무슨 뜻이야?'

궁금증이 일었지만 나는 그쯤에서 입을 다물기로 했다.

왜냐고? 더 질문을 했다간 5학년(우리나라의 중학교 2학년에 해당하는 학년)

B반의 모든 아이들 눈에 일급 바보요,

메가톤급 멍청이로 보일 것이 분명했고,

학교에서는 저능아로, D구역 주민들에게는

미련퉁이 중의 미련퉁이로 찍힐 것이 뻔했기 때문이다.

혀에 관한 이 모든 질문들은 부활절 휴가 즈음 밀려왔다.

나에게 혀는 신의 존재나 별들의 일생이나 구름의 이동과 같은

시시한 주제들과 별반 다르지 않았다.

부모님이 식사 시간에 자주 말씀하시던 누군가의 죽음도 마찬가지였다.

아빠가 끔찍하게 생각하는 그 죽음 말이다.

아빠는 잠자듯이 죽었으면 한다고 입버릇처럼 말씀하시곤 했다.

그 때문에 나는 잠에 빠지는 게 가장 무서웠다.

나는 피곤이라는 놈이 뒤통수를 때려 나를 한 방에 쓰러뜨릴 때까지 책을

읽고 또 읽는다. 나는 그렇게 잠에 빠진다, 대개는 책에 머리를 박고서.

여자 애들을 생각하면 안개 속에 있는 것처럼 머릿속은 뒤죽박죽이었다.

여자 애들을 보면 나는 대책 없이 사랑에 빠질 뿐이다.

학교의 여자 애들 그리고 동네의 여자 애들.

그 애들이 내 앞을 지나가거나 나에게 미소 짓거나

심지어는 냉랭하게 굴거나 어깨를 으쓱하거나

그저 뒤돌아서기만 해도 나는 사랑에 빠지고 말았다.

나는 D구역의 모든 여자 애들과 행복해하는 나를 상상하곤 했다.

부활절 휴가가 돌아왔다. 특별한 일은 없었다.
줄리와 함께 나눌 첫 키스를 상상하며 자전거를
탄 것 외에는…….

　물론 내가 말하는 첫 키스란 순전히 내 상상 속
의 일일 뿐이다. 줄리가 나를 좋아하는지조차
모르니까.

우리의 첫 키스!

　첫 키스 생각은 또 다른 수많은 생각들을 몰고 왔고
덕분에 나는 밤을 꼴딱꼴딱 새웠다.

책을 읽어도 머릿속은 온통 줄리 생각뿐.

줄리. 어느 날 아침 나는 그녀를 사랑하게 되었다.

전혀 예상하지 못했던 상황에서. 갑자기 그녀가 보였다.

복도에서 우연히 그녀의 시선이 화살처럼 내 눈동자에 꽂힌 것이다.

주위의 모든 단단한 것들이 순식간에 녹아내렸다.

나는 후들후들 떨었다. 칠흑 같은 두 개의 깊은 호수가 나를 몽땅 빨아들였
다. 전류가 내 몸을 관통했다, 마치 콘센트에 꽂혀 있는 것처럼.

정말이지 묘했다. 어유, 첫사랑이란…….

더 이상 페달을 밟을 필요도 없다.

내 몸을 관통한 전류를 전달하기만 하면 자전거는 저절로 수 킬로미터를
달려 나가니까.

부활절 휴가 동안 자전거를 타고

딱 한 번 엄마와 함께 시내에 간 것을 빼고는 별일이 없었다.

난 하얀 자전거를, 엄마는 모빌레뜨(자전거 오토바이)를 타고 시내에 갔다.

엄마가 장을 보는 동안 나는 도서관에 갔다.

엄마와 나는 정기간행물 코너에서 다시 만났다.

엄마는 자주 보는 잡지들과 함께 작은 책을 한 권 샀다.

나는 그게 뭔지 몰랐다.

계산대에는 입술이 웃기게 생긴 아주머니가 있었다. 엄마는 아주머니를
보더니 얼버무렸다.

"공부 때문에……."

뭐가 뭔지 몰랐으나 나와 관계되는 것이라는 느낌에 토마토처럼 얼굴이
빨개지고 말았다. 대화의 주제가 된 것에 부담을 느끼며.

엄마는 서점에서 나오기 전에 나에게 책을 넘겼다.

나는 흘끔 제목을 봤다.《종의 생식》, 희한하게 욕같이 보였다.

나는 자전거 쪽으로 뛰어갔다. 엄마의 장바구니 깊숙이 책을 쑤셔 넣으려
고 엄마를 기다렸다. 뒤통수를 맞은 기분이었다.

부엌 식탁 위에는 샐러드와 순무, 감자, 마르쏘쇠(참나무 잎에 싸인 치즈),
소 혀와 《종의 생식》이 뒤섞여 있었다.

그 책은 부엌에서 거실로 굴러다니다

마침내 지하에 있는 내 방까지 오게 되었다.

잠자리에 들기 전에 그 책을 다른 책들 사이에 파묻어 버렸다.

다음날이 되어서야 책을 집어 들었다.

원생동물과 물고기의 생식 그리고 책의 마지막 몇 페이지에 나와 있는

인간의 생식에 대한 내용이 흥미로웠다.

나는 이마까지 붉히며 모두 다 훑어보고 나서

사전과 지도책 사이에 책을 꽂아 놓았다.

첫 키스에 관한 궁금증이 마구 밀려오기 시작했다.

'혀는 어떤 맛이 날까? 줄리의 혀 그리고 내 혀는……'

내 혀 맛을 상상하니 겁이 더럭 났다.

'만약 혀에 병균이라도 산다면?

어떻게 그걸 알까? 혀 맛을 볼 수는 없을까?'

나는 칫솔로 혓바닥을 닦아 냄새를 맡아 보았다.

치약 냄새뿐이었다. 실패다.

'그런데 둘의 맛이 섞이면?

그냥 서로의 맛이 섞이는 건가?'

'혀를 돌려야 하나? 만약 그렇

다면 누가 먼저 시작하지?'

'먼저 왼쪽으로 아니면 오른쪽으로 돌려야 하나?'

'시계 방향이면 오른손잡이인 나에게는 논리적일 수 있겠지만

줄리는 왼손잡이인데⋯⋯.'

'혀에도 궁합이 있을까? 둥근 혀와 뾰족한 혀가 서로 그걸 잘할 수 있을까?

맛 봉오리들이 빨판 역할을 하나?'

이 모든 질문들이 바보 같은데도 얼렁뚱땅 넘어갈 수 없는 문제로 보였다.

다시 도서관에 가기 위해 팔 일을 기다려야 한다는 게 원망스러웠다.

키스에 관한 과학적인 연구가 있을 것이다.

그리고 그런 책에는 혀에 관한 항목이 있을 것이 분명했다.

맛

'혀'를 맛있게 하는 건
토마토소스?

그건 아빠의 생각이었다. 아빠는 소 혀 요리에 까프르(서양 향신료의 일종) 소스는 너무 많고 토마토소스는 모자라다고 불평하곤 했다.

소 혀 요리는 아빠가 좋아하는 음식 중 하나인데 엄마는 한 달에 한 번 정도 소 혀 요리를 해 준다. 나는 까프르도 썩 좋아하진 않았지만 서점에서 있었던 《종의 생식》 사건 이후, 소 혀 요리는 훨씬 더 싫었다.

그 고기 덩어리는 혐오스러운 것이 되었다. 조각조차도…….

아무리 소스를 친다 해도…….

줄리 생각을 하면 내 입속 가득 소 혀가 꽉 찬 듯한 착각까지 들었다.

이 모든 게 만화 〈땡땡의 모험(프랑스의 인기 만화)〉에 나오는 아독 선장을
생각나게 했다. 아독 선장은 자신의 턱수염 때문에 곤란해했다.
라모나 호 함장인 알랑이 그에게 이런 질문을 하고부터였다.
"잘 때 수염을 담요 위에 놓으세요, 아니면 밑에 놓으세요?"
아독 선장은 그 질문에 대답하려 밤을 새우곤 했던 것이다.
나는 키스에 대한 생각들을 잊어버리려고 무던히 노력했지만
부질없게도 그 생각들은 나를 놓아 주지 않았다.
나는 수없이 밤을 새우게 되었다. 간신히 이런 생각들에서 벗어나자
또 다른 생각들이 그것을 대신하게 되었다. 가위로 이런 바보 같은 생각의
가지들을 잘라 내면 순식간에 또 다른 가시 돋친 가지들이 자라기 때문이다.
그건 정말 마법의 가시덤불이었다.
'그래서 본론은? 첫 키스는 최소한 몇 분 동안 해야 할까?
혀를 한 번만 돌려도 될까?'

그러니까 펄쩍 뛰었다가 정확하게 바닥에 내려앉는 공중 회전처럼 완전히 한 바퀴를 돌려야 하나, 그것이 궁금하다.

'키스를 하면서 동시에 코로 숨을 쉴 수 있을까? 풍선을 불때처럼 폐활량이 중요할까? 숨을 한껏 들이마시고 나서 시작하나? 키스하기에 더 좋은 계절이 있나? 겨울에는 입으로 부는 구명대 생각에 껄끄럽게 느껴지지 않을까?

여름에는 끈적거리는 사탕처럼 입술이 딱 붙어 버리지 않을까?'

그리고 도무지 떨쳐 낼 수 없는 두 가지 심각한 고민이 남아 있었다.

하나는 '첫 키스를 불러일으키는 건 무엇인가?'

또 하나는 '첫 키스를 하다 실패하면
   다시 해도 되는가?
   만약 그렇다면 두 번째 키스는
   첫 키스인가, 아닌가?'
   하는 것이었다.

연습

들키지 않게, 웃기지 않게

열두 번의 첫 키스, 내가 셀 수 있는 숫자는 이 정도이다.
줄리와 첫 키스를 어떻게 해야 할 것인지 상상 속에서 연습해 본 횟수이다.

짝도 없고, 강사도 없는 연습이다.
목욕탕 거울 앞에서, 자전거를 타며, 내 방에서,
그리고 특히 집 근처 숲에서…….
아빠는 내 방에 들어오기 전에 결코 노크하는 법이 없었기에
한번은 아리송한 자세로 있는 나를 놀라게 했다.

그때 나는 두 팔로 양어깨를 끌어안고 있었다.
니꼴라가 장난치던 모습을 따라한 것이다.

목욕탕에서 문을 잠그고 있어도 아무 소용이 없었다.
아빠는 마치 귀머거리처럼 문을 열어 줄 때까지
문을 두드렸다. 나는 밖으로 나오며 화를 냈다.
숲에서 연습에 열중한 나를 본 이웃이
아빠에게 뭔가 귀뜸한 게 틀림없다.
다행히도 아빠는 내게 아무 말도 하지 않았지만.

이번엔 내 차례였다.
지하 차고에서 엄마와 뭔가 속닥이고 있던 아빠를 놀라게 한 것이다.
차에서 내리면서 아빠는 날카롭지만 낮은 목소리로 말했다.
"다 잘될 거야, 걱정할 게 뭐냐."
앞질러도 한참 앞질러 간 아빠의 불편한 관심이란!

내 처지를 말하자면

강사도, 자동차도, 도로교통법도,
심지어 도로도 없이 운전 교육을 받고 있는 운전자다.
잘되기는커녕 아무것도 시작된 게 없다.
나는 줄리와 첫 키스를 해야만 한다.
하루라도 빨리…….

너

내가 원하는 건
딱 한 사람

우리 반 열두 명의 남자 녀석과 다른 반의 대여섯 녀석,

더불어 4학년(우리나라의 중학교 3학년에 해당하는 학년)

D반의 세 명까지······.

이들 모두가 시내 남부에 있는 오 층짜리 아리꼬 아파트에 살고 있다.

그리고 바로 그곳에 줄리가 살고 있다.

우리 부모님이 그곳에 별장을 지어 놓기도 했다.

멀지는 않지만 자전거로 그 동네까지 가기란 그리 쉽지 않다.

L구역에서는 소문이 쉽게 퍼지기 때문이다.

휴가인 지금 우리 집이 있는 플랑드로 덩케르크가의 끝에서
줄리가 사는 D구역의 왼쪽으로 자전거를 타고 갔다가는
내가 줄리를 좋아한다는 소문이 온 마을에 짜하게 퍼질 것이다.
그렇다면 할 수 없지, 개학을 기다리는 수밖에.

그것이 그렇게 나쁜 것만은 아니었다.
개학까지 남은 일주일 동안 계획을 손보면 되니까.
경쟁자들을 따돌리고 줄리와 단둘이 만나서
니꼴라에게서 들은 대로 '눈을 감고 전진하기' 위한 계획.
그러나 거기까지 생각이 닿자, 이제 어떻게 해야 할지 막막했다.

생각은 기특하지만 그 다음에는?

우리 반 녀석들은 문젯거리도 아니다.

참을성과 상상력을 발휘해서 용의주도하게 행동하는 것이다.

그 애들을 줄리에게 다가가지 못하게 하고 내가 녀석들보다 더 나은

애라는 것을 보여 주는 것이다. 그럼, 그럼.

아슬아슬한 문제는 다른 곳에 있었다.

줄리가 아리꼬 아파트 단지에서 4학년의 세 놈과 돌아다닌다는 것이다.

세 놈 중 하나와 같은 동에 살고 있는 6학년(우리나라의 중학교 1학년에 해당

하는 학년) 알랭에게 이미 알아봤다.

줄리와 그 놈팽이들이 계단 통로에서 얘기를 하고 있었다는 것이다.

생각만으로도 속이 뒤틀린다.

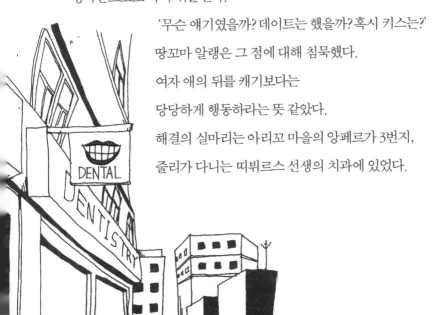

'무슨 얘기였을까? 데이트는 했을까? 혹시 키스는?'

땅꼬마 알랭은 그 점에 대해 침묵했다.

여자 애의 뒤를 캐기보다는

당당하게 행동하라는 뜻 같았다.

해결의 실마리는 아리꼬 마을의 앙페르가 3번지,

줄리가 다니는 띠뷔르스 선생의 치과에 있었다.

작전

용기가 보태지면
도박이 되는 것

줄리는 두 달 전부터 일주일에 한 번 치과 치료를 받고 있다.

화요일 오후 수업이 끝나고 다섯 시에서 여섯 시 사이에.

정보원 알랭이 알아낸 사실이다.

작전을 세우기에 예측 가능한 상대방의 습관보다 더 고마운 게 있을까?

그런데 집에는 뭐라고 말하고 치과에 가나?

띠뷔르스 선생의 치과에서 과연 줄리와 마주칠 수 있을까?

줄리는 왜 이렇게 자주 치과 치료를 받는 걸까?

그 고운 얼굴에 혹시 치열 교정기를 끼고 나타나면 어떻게 하지?

하나의 문제를 해결하면 매번 두세 개의 새로운 문제가 생겨난다. 마치 '나의 첫 키스'를 주제로 논술 준비를 하는 것 같다.

나의 뿌리, 줄기와 가지 그리고 내 몸의 모든 세포들이 금방이라도 바람에 날아가 버릴 것 같은 첫 키스라는 작은 잎사귀 쪽으로 달라붙었다.

작은 잎사귀는 날이 갈수록 점점 더 나에게서 멀어져 하얀 구름 뒤로 아주 사라져 버릴 것처럼 보인다.

삶은 역시 복잡한 것이었던가?

아니면 이제까지는 단지 행운이 없었던 것인가?

방금 전만 해도 모든 것이 뒤죽박죽이라는 생각에 괴로워했지만 그 다음 순간 마주친 상황들은 내 작전이 성공할 거라는 확신을 주었다.

"치과에 간다고? 네가 웬일이니? 으흠, 친구가 다닌단 말이지? 네 발로 가는 거니까 엄살 피우진 않겠지. 화요일 라틴어 수업 끝나고? 그러면 돌아오는 시간은……"

엄마는 완전히 믿는 것처럼 보이지
도 않았지만 드러내 놓고 의심하
지도 않았다. 그런데도 나는 괜스
레 더듬거리고 얼굴을 붉혔다.

나는 결국 혼자 치과 의사 선생
을 만나기로 결정했다.
하지만 엄마에게는 역시
여자의 직감이 있었다.
아빠더러 나와 이야기를 좀 해보라고 했던 것이다.
아빠는 엄마 말을 듣고 잠시 말없이 있다가 소리쳤다.
"적어도 치석은 더 이상 없을 거 아냐!"
그 말은 나의 기운을 북돋웠다.
한 시간 전에 띠뷔르스 선생에게 내일 진료를 예약해 놓은 것은
정말 잘한 일이다.

내리막

바람을 맞으며
자전거로 달리기

앙페르가 3번지의 입구에서 멈춰야 하는 거다.

그러면 그다음은 어떻게든 될 것이다.

집을 나서자마자, 소름 끼치는 소리가 나는 치과 기구들이 떠올라

어지러웠다. 나는 마지못해서 천천히 시내 쪽으로 내려갔다.

그제야 스스로 선택한 이 끔찍한 형벌을 피할 방법을 생각했다.

시내 방향을 알리는 표지판을 지나면서 가지 말까 하는 생각도 했다.

빵집 앞을 지날 때는 그렇게도 좋아하며 정기적으로 치과에 다니는

아빠처럼, 치석을 제거하러 왔다고 말하면 그뿐이라는 생각도 들었다.

할인점을 지나자 먼 사막으로 달아날까 하는 생각마저 몰려왔다.

하지만 결국 내 자전거는 앙페르가에서 멈췄다.

내리막길 끝이었다.

나는 눈을 그냥 뜬 게 아니라 크게 떴다.

'대체 간판은 어디 있는 거야? 초인종도 없나?'

아침 아홉 시였다. 건물에서 한 아주머니가 나오면서

수상하다는 듯이 내 얼굴을 빤히 쳐다보았다.

얼굴이 달아올라 나는 발만 내려다보았다.

얼굴 한가운데에 코가 있는 것처럼 내가 여기 있는 것이다.

부끄럽고 창피하게.

언젠가 양말을 한 짝만 신고 학교에 갔던 일이 생각날 정도였다.

일층, 왼쪽에 금박을 입힌 글씨로 치과라고 쓰인 검은 팻말이 붙어 있고

안으로 들어가기 전에 눌러야 하는 십각형의 초인종도 보였다.

초인종을 누르려고 손을 뻗는 순간, 문이 열렸다.

푸른색 가운을 입은 의사 선생이

환자와 악수를 하며 미소 짓고 있었다.

치과 안으로 들어가던 나는

그 환자와 부딪쳤다. 그녀는 줄리였다!

"어머! 안녕?"

"어, 어, 그래, 안녕!"

고문관을 피해 그녀는 나가고 나는 고문을 당하러 안으로 들어갔다.
띠뷔르스 선생은 안경 너머로 얼빠진 내 모습을 보고는
내 문제는 치아가 아니라는 것을 알아차렸다.
그는 대기실로 나를 안내하고는 기다리라고 했다.
환자가 제법 많았다.
낮은 테이블 위에는 잡지가 놓여 있었고
등나무 의자에는 아버지와 어린 아들이 앉아 있었다.
나는 둥근 안락의자에 겨우 앉았다.

후들거리는 다리를 진정시키기 위해 두 손으로 무릎을 꼭 눌러야만 했다.
내가 자전거에 자물쇠를 채웠던가? 내가 줄리에게 미소를 지었던가?
줄리의 그 상냥한 미소는 나를 향한 거였나, 아니면 띠뷔르스 선생을 향한
거였나? 나를 보고 놀랐을까? 혹시 내가 일부러 밀쳤다고 생각했을까?
내 가슴에 왼쪽 젖가슴이 닿았는데 그 애도 느꼈을까?

푸른 가운을 입은 뛰뷔르스 선생이 망할 놈의 진료실로 아버지와 아들을
부르며 나를 곁눈질로 바라봤다.

나는 몇 번이고 심호흡을 하려고 노력했다.
줄리와의 예기치 않은 만남 때문이 아니라
치석 제거기에 대한 공포로 긴장한 걸까?

줄리와 부딪쳤기 때문에, 단지 그것 때문에
내가 이렇게 덜덜덜 떨고 있는 거라면 제대로 길이 막힌 것이다.
이런 상태라면 첫 키스는 달나라에 가는 것보다 더 어렵겠다.

벽 저편에서 의사 선생은 어린 소년을 붙잡아 놓고
꽥꽥거리는 비명소리를 뽑아 내고 있었다.
그건 그렇고, 내 가슴에 닿은 줄리의 왼쪽 젖가슴을
내가 분명히 느꼈던가?

우주 여행

발사 직전의 우주선을
탄 것처럼

나는 줄리의 왼쪽 가슴을 생각하면서 결국 진료 의자에 등을 붙이고 입을
열 수밖에 없었다. 그림자가 지지 않도록 만들어진 두 개의 커다란 램프를
두 눈 가득 바라보면서.

마침내 고문 전문가는 그의 일을 완수할 수 있게 된 것이다.

주먹을 꼭 쥐고 회백색 가죽 의자에 눕자, 비누 냄새를 물씬 풍기는 무지막
지한 손가락이 입 속으로 들어오더니 입을 벌렸다.

환한 광선에 눈이 먼 채로 나는 줄리의 하늘색 스웨터와 그녀의 눈동자,
그녀의 미소 그리고 "어머! 안녕?"하고 말할 때의 그녀의 목소리를

떠올리려고 애썼다.

'내가, 그녀의 가슴에 부딪쳤나? 스쳤나?

아니면 비껴갔나? 그도 아니면 완전히 놓쳐 버린 건가?

아니야, 아니야. 분명히 난 그녀의 가슴에 닿았어.

왜냐하면 그걸 느꼈으니까······.

그건 정말 꿈도 꾸지 못했던 거야!'

이 첫 만남으로 인해 우리의 첫 키스가 쉬워질 것인가?

아니면 또 다른 장애물을 만날 것인가? 나는 미쳐만 갔다.

띠뷔르스 선생이 잇몸에 기구를 대자 나는 야릇하게 흥흥 소리를 질러댔다.

그것으로 나의 백일몽은 끝났다.

고문 전문가는 인정사정없이 일을 처리했다.

충치가 세 개나 있어서 추가 치료가 필요하

다는 말에 내가 얼이 빠져 있자

띠뷔르스 선생은 사뭇 즐거워하며

'같은 반 친구'와 똑같은 경우라고

설명해 줬다.

그러니까 줄리를 여기에서 다시 보게 된다는 뜻이었다.
만약 띠뷔르스 선생이 '같은 반 친구'의 진료 시간 뒤에
바로 내 진료를 약속해 준다면.

그는 이 모든 것을 이를 파고, 메우고, 갈고, 침을 빨아들이는 내내
말해 주었고, 난 그동안 아무 소리도 못하고 있어야만 했다.
끊임없이 떠들어 대는 것은 질색이다.
띠뷔르스 선생이 조금이라도 내 기분을 짐작할 수 있다면
내 심정을 이해했을 것이다.

'가슴 충돌 사건'으로 이제 줄리는 나와의 첫 키스를 거절할지도 모른다.
그녀는 알고 있을 테니까.
우리 아빠와 엄마처럼, 그리고 치과 의사와 니꼴라처럼…….
나는 띠뷔르스 선생과의 첫 진료를
어설픈 작전의 나머지 부분을 채우느라 시간을 다 보냈다.
띠뷔르스 선생이 내 이를 서투르게 치료하는 동안
나는 통증을 참지 못하고 돼지처럼 흥흥대면서도

또 한편으로는 용기 있는 인상을 주려고 안간힘을 썼다.
내 입속에서 빠져 나온 침들이
띠뷔르스 선생의 흰 마스크와 안경 위로 마구 튀었다.
그러다가 갑자기 그의 얼굴이 내 얼굴을 향해 바짝 다가왔다.

나는 한순간 그가 나에게 키스를 하려는 게 아닐까 하고 긴장했다.
그가 턱을 아주 단단히 잡고 있어서 고개를 돌릴 수도 없었다.
그가 마스크 뒤에서 날 비웃고 있는 듯한 느낌마저 들었다.

다행히도 선생은 나에게 키스하지 않았다. 이에다 약솜을 쑤셔 넣으며
치료를 마쳤을 뿐. 나를 안심시키기 위해서였는지
'가장 상태가 안 좋은 이'였다고 강조했다.
어유, 갈수록 태산이다.

오늘은 목요일이다. 하늘
이 돕는다 하더라도

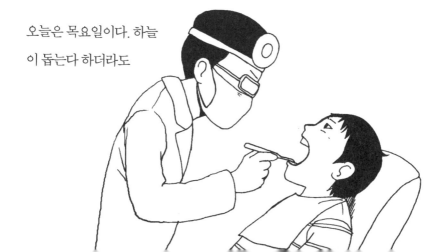

다음 주에 최소한 한 번은 더

이 짓을 견뎌야 할 거다. 아, 치과 현관에서 줄리와 마주쳐 봤자

무슨 의미가 있다는 말인가? 끔찍한 충치 치료를 받아야 하는데.

이 고문을 당하면서 어떻게 개학하기 전에 줄리와

'그걸' 성공할 수 있겠는가!

말도 안 된다.

띠뷔르스 선생은 진료 기록을 들여다보곤

명함에 숫자를 끼적여서 나에게 건넸다.

그는 줄리의 예약 시간 다음에 나를 넣었을 거다.

띠뷔르스 선생은 그렇게 나와 줄리가 만나는 것을 돕기로 결정했으니까.

나는 청바지 주머니 속에 명함을 찔러 넣으며 건방지게도

선생에게 나를 돕는 이유를 물었다.

내 질문에 띠뷔르스 선생은 너털웃음을 터뜨렸다.

준비

데이트를 알차게 하는
유일한 방법

밖으로 나와 자전거에 걸려 있던 자물쇠를 풀고서
앞으로 충치 치료와 연애 사업에 쓰일 그 시간을
어떻게 사용할 것인지를 손가락으로 손바닥에 써 보았다.
띠뷔르스 선생은 다음 주 화요일과 목요일 아홉 시에
그리고 개학일인 화요일에는 저녁 여섯 시에 예약해 주었다.
선남선녀에게 세 번의 만남을 주선한 셈이다.
나는 손에 종이를 들고 잠시 서 있었다.
줄리와 내가 스치고 지나간 시간이 얼마나 되었던 것일까?

일 분? 길면 이 분?

모든 걸 완벽히 계획하지 않고서는 그 생각을 접을 수 없다.

세 번의 치과 치료 곱하기 이 분이니까 육 분. 어디 보자.

그래, 첫 이 분은 서로 손을 약간 스치는 정도로 한다.

그리고 다음 이 분은 강렬한 시선으로 그녀를 뚫어지게 바라본다.

마지막 이 분은 줄리에게 진료 대기실에서 나를 기다리라고 한다.

나는 그녀에게 대기실 등나무 의자에서 읽을 책을 건네줄 계획이다.

그녀는 책을 좋아하니까.

첫술에 배 부를 수는 없는 거니까. 육 분 안에 모든 것을 얻을 수야 없지.

그럭저럭 조금은 진전되고 있다는 생각에 안심하며 L구역을 향해

언덕을 다시 올라갔다.

내 입속 가득한 약품 냄새가 이 안도감의 생생한 증거다.

하지만 할인점까지 가서 자전거에 올라타기 직전에

상체를 숙이고 엉덩이를 허공에 치켜 든 다음 약솜을 모두 뱉어 버렸다.

줄리는 연애소설을 좋아했다. 연애소설에 관해 발표를 한 적도 있었다.

연애시도 좋아한다. 하얀 표지에 베를렌느, 랭보, 아폴리네르 같은 시인의
얼굴이 인쇄된 시집을 읽고 있는 나를 본 줄리는 놀라워하곤 했다.
첫 번째 이 분의 만남을 위해 헤어져 있어야 하는 사 일 동안
나는 계획이 실패하지 않도록 철저히 대비해야만 했다.
다행히 금요일부터 부모님에게 허락을 받거나 변명을 대지 않아도
D구역에서 충분히 시간을 보내고 집으로 돌아올 수 있었다.

따뜻하다고 해도 좋을, 가는 봄비가 내리고 있다.
나는 하얀색 자전거를 타고 한껏 속도를 내어 언덕을 내려갔다.
심장이 터질 것만 같았다.
혹시 앙페르가 쪽으로 고개를 돌리면 줄리의 밝은 갈색 머리카락이
층계참에서 흩날리고 있을지도 모른다는 생각에
아리꼬 아파트 단지 가까이에서 속도를 줄였다.

그랑뤼 대로에서 가장 크고 예쁜 서점 '바람의 장미' 앞에서 멈추었다.
숨을 헐떡이며 자전거를 벽에 기대 놓고 자물쇠를 채운 뒤 서점 문을 열었다.
소설? 아니면 시? 사실 둘 다 살 생각을 했지만 돈이 모자랄 거 같았다.

곧 묘안이 떠올랐다.

'소설책을 사서 표지 안쪽에 연애시를 쓰는 거야!'

시간을 또 벌었다. 좋았어!

나 역시 시를 좋아해서 조금은 읽기도 했다.

집에는 양장된 큰 책들과 시선집 여러 권이 있었고,

읽어 보진 않았지만《너와 나》라는 멋진 제목의 작은 책이 있었다.

그 책에서 분명, 썩 괜찮은 내용을 찾을 수 있을 것이다.

여자 점원이 진열대를 왔다 갔다 하는 나를 알아보고 다가왔다.

그녀는 날 위해《폴과 비르지니(소년과 소녀의 순수하고 애틋한 사랑을 그린 프랑스 소설)》라는 책을 추천해 주었다.

"참 좋은 책이란다."

덕분에 주머니를 탈탈 털어야 했다.

삼 일이라는 시간은 내가 첫 작품을 내놓기에 빡빡한 일정이었다.

키스를 주제로 몇 차례 시도를 해본 뒤, 꽃으로 주제를 바꾸었다가

마침내 장미를 선택하였다. 그리고 시인 롱샤르보다 더 잘 쓰려고 애썼다.

솔직히 말하면 시의 운율에 집중했기 때문에 내용은 별로 없었다.

줄리, 너는 가시 없는 아름다운 장미! 햇살 아래 빛나리니……

그 글을《폴과 비르지니》의 표지 안쪽에 반듯하게 써 넣었다.

그런데 마음 깊숙이 뭔가 찜찜한 느낌이 들었다.

화요일, 준비는 흠 잡을 데 없었다.

나는 내 시를 완벽하게 외우고 있었다.

띠뷔르스 선생의 치과 현관 앞에서 다시 줄리와 마주칠 때

내 입에서 즉시 첫 구절이 튀어나올 수 있도록.

줄리와 내가 "안녕? 난 나가!", "안녕? 잘 가"라며 절묘하게 스치는 순간

푸른 가운을 입은 띠뷔르스 선생이 마술 같은 주문을 걸기만 하면 된다.

그 주문이란 모든 사람들을 안심시키면서

세상에서 가장 자연스러운 대화를 하고 싶게 하는 주문인 것이다.

그러나 현실은 상상했던 것과 전혀 달랐다.

치과 현관 앞에서 마음을 가다듬고

초인종을 누르자 새된 소리가 났다.

띠뷔르스 선생은 마치 관 속에서 튀어나오는 귀신처럼 나타났다.

기분이 나빠 보였고 더러운 안경알 뒤의 눈은 지쳐 있었다.

줄리가 이미 치료를 받고 가 버렸는지 어쨌는지

물어 볼 엄두도 나지 않았다.

《폴과 비르지니》를 넣은 점퍼 주머니에 손을 쑤셔 넣은 채

곧바로 진료실로 들어가자

띠뷔르스 선생은 고문 전문가로 변신해 내 입속을 들쑤셔 댔다.

그러면서 임시 보철이 없어진 것도 모르고 있었냐고

짜증 섞인 잔소리를 퍼붓더니 또 갑자기 입을 꾹 다물었다.

삼십 분 후 진료실 밖으로 나왔지만 아무것도 없었다.

난 무지하게 아팠고, 줄리를 놓쳤으며 욕을 퍼먹었다.

그리고 그날 막다른 앙페르가에 서서,

변덕스러운 치과 의사와는

상종하지 말아야겠다고 씨부렁거렸다.

그리고 나서 며칠 뒤 목 빠지게 기다렸던 목요일이 왔건만

줄리와의 만남은 서먹하기 짝이 없었다.

겨우 서로 힐끗 바라보았을 뿐.

미소도 없고, 몸이 닿지도 않은 건 당연했다.

이틀 전부터 점퍼 주머니 속에서 내 체온으로 따뜻하게 덥혀진

《폴과 비르지니》에서 손을 뗄 틈도 없이

줄리는 총총히 계단으로 사라져 버렸다.

변덕스러운 의사 선생은 유쾌하게 웃으면서 내 이에 아말감을 씌워 주었다.

그리고 약속된 다음 주 목요일에는 일찍 오라고 얘기하며

나를 문까지 바래다 주었다.

정말 최악의 날이었다.

키스하고 싶은 여자 애와

그렇게 데면데면하게 마주칠 수 있다니.

나는 주머니에 손을 넣어

처량하게 《폴과 비르지니》를 만지작거렸다.

아니나 다를까, 나는 바보 멍청이었다.

연애소설

널 위해 준비했건만

줄리의 책상 서랍에 ≪폴과 비르지니≫를 슬쩍 넣어 두려면 월요일 수업
이 시작되기 전에 해야 한다. 그것밖에 다른 방법이 없다.

학교 남학생의 반 정도가 따라붙었던 여느 때와는 다르게
줄리는 유일한 여자 친구인 마릴린과 단둘이
쉬는 시간에 운동장을 가로질러 나에게 왔다.
그녀는 아름다운 시에 감사하다고
책은 이미 가지고 있으나 그래도 고맙다며

치열 교정기 따위는 없는 예쁜 이를 드러내며 활짝 웃어 보였다.

그러고는 마릴린과 속삭이며 잰걸음으로 나에게서 멀어져 갔다.

날 비웃는 것일까?

모든 것을 목격한 니꼴라는 조금은 자신 없는 목소리로 아니라고 말했다.

나는 니꼴라를 조용한 곳으로 데려갔다.

알아내야 했다. 그러면 어떻게 했을까?

니꼴라는 데이트 신청을 했을 거라고 했다.

"그럼 여자는 좋다고 해?"

"어, 그럼."

니꼴라는 아무런 의심 없이 자기가 잘생겼다고 믿는다.

니꼴라는 자신감에 넘쳐 나를 바라보았다.

그러나 나는?
밖으로 뻗은 큰 귀, 뚱뚱한
허벅지, 내성적인 성격,
그리고 말까지 더듬어 니
꼴라처럼 자신만만하게

줄리에게 접근할 수 없었다. 니콜라는 자기와 달리 내가 못생겼다는 것과
여자에게 다가갈 용기도 없다는 것을 고려하지 않는 것 같았다.
니꼴라에게 질투가 났다.

"첫 키스는 어떻게 시작되는 거야?
혼자서 생각하는 것만으로는 충분치 않아.
그리고 맛, 키스의 맛은 어떤 것이지?"
니꼴라는 엉큼한 미소를 지어 보이고는
귀에 딱지가 앉도록 해 대던 말을 한 번 더 반복했다.
그저 전진하기만 하면 알게 될 거라고.
부활절 휴가가 끝나고 수업이 시작된 날이었다.
나는 니꼴라의 말을 의심했다.
이 자식은 엉터리 이야기를 하고 있고
무언가 숨기고 있으며 솔직하지도 않다고.

이번에는 내가 치과 치료를 빼먹었다.
다시는 줄리를 치과 현관 앞에서 보고 싶지 않았다.

나는 자전거로 시내 여기저기를 돌아다니고
'바람의 장미' 진열장을 기웃거리며 시간을 보냈다.

시집을 고를 걸 그랬나?
폴 엘뤼아르의 《마지막 사랑 시들》이란 시집을 찾아냈지만
'마지막' 이라는 단어에 주눅 들었다.
혹시 내 모든 진실한 감정을 드러내는 진짜 시를 썼으면 달랐을까.

나는 자포자기해서 제 시간에 집에 돌아와 부모님께 말했다.
치과 치료가 아직도 여러 번 남아 있다고……
어떤 이득이 있을까 모르겠으나 자연스럽게 거짓말을 했다.
잠자리에 들 때쯤에야 거짓말 덕에 시내에서 자유로운 시간을 보낼 수 있
게 됐다는 것을 깨달았다. 그 생각을 하자 마음이 편해져 곧 잠이 들었다.

목요일, 줄리를 좀 잊어 보려 하고 있는데 니꼴라가 제안을 했다.
토요일 아침, 체육 시간 직후 줄리와 나의 만남을 위해
일을 벌인다는 것이다.

"다른 녀석들이 들러붙기 전에 여자 애들을 데리고 왕립교회당에 올라가는 거야. 거긴 조용하거든."

"여자 애들?"

"응, 그래, 줄리와 마릴린. 내가 희생할게. 마릴린과 데이트하는 것쯤이야 뭐. 못생기긴 했지만 연애 박사잖아. 아니, 그게 중요한 게 아니고……
넌 걱정하지 마. 줄리랑 너, 단둘이 남겨 놓고 자리를 뜰 테니까.
내가 알아서 할 거니까."

둘이, 드디어 둘이 만날 수 있다.

잔챙이들 하나 없이.

스포트라이트

지금 이 순간,
주인공은 바로 나

토요일 체육 수업이 있었기 때문에

나는 숨을 헉헉거리고 그것으로 부족해 다리까지 질질 끌고 있었다.

반면에 니꼴라는, 놀랄 일도 아니지만,

줄리와 나와 이야기를 나누고, 마릴린과 장난질하면서

마라톤을 뛸 수도 있었다.

학교에서 왕립교회당까지 천천히 걸어도 십여 분 안에 도착할 수 있었다.

우리는 건물 중앙에서 출발해 계단을 올라 교회를 둘러싸고 있는 공원까지 올라갔다.

그 높은 곳에는 도시가 내려다보이는 테라스와 벤치들

그리고 파노라마 망원경이 하나 있었다.

니꼴라는 정말 기발한 생각을 해낸 것이다.

대부분의 중·고등학생들은 카페나 수영장, 공립운동장 근처의

숲 같은 곳을 좋아하지 이런 곳에는 거의 오지 않는다.

나는 와 본 적은 있지만 역사 선생님과 함께 왔기 때문에

한적하고 구석진 곳은 알 수 없었다. 나무와 작은 잔디밭, 꽃과 자갈들이

흩뿌려 있는 긴 꽃밭이 기억날 뿐.

시장 앞을 지나칠 때쯤 니꼴라는 마릴린의 어깨를 끌어안았지만

나는 줄리의 어깨에 간신히 손을 스쳤을 뿐이다.

그러면서 스스로에게 질문했다.

'어디서 해야 하지? 줄리와 몰래 키스할 수 있는 곳이 어딜까?'

앞에 가는 니꼴라와 마릴린은 이미 파티를 준비하고 있는 것 같았지만

줄리와 나는 우리가 마주한 상황이 거북스러웠다.

앞의 둘과는 달리 우리는 아무것도 결정하지 못했다.

우리는 테라스에서 바보 같은 대화를 나누었다.

D구역에 가끔씩 들르는 관광객들이나 했음직한 이야기.

우리는 종각과 학교, 그리고 쌩 피에르 교회를 찾고 있었고

줄리가 보다 못해 소매를 잡아당길 때까지 나는 쉬지 않고 떠들어 대고 있

었다. 뒤를 돌아보니 니꼴라와 마릴린이 딱 하나 비어 있던 벤치에

막 앉는것이 보였다.

몇몇 노인들이 벤치에 앉아 중얼대고 있거나 흐리멍텅한 시선으로 시간을

보내고 있었다.

나는 줄리를 따라 니꼴라와 마릴린이 앉아 있는 벤치 쪽으로 가서

끄트머리에 앉았다. 니꼴라는 마릴린 쪽으로 몸을 붙이더니

이내 그녀를 끌어안고는 키스를 했다.

나는 얼어붙고 말았다. 머릿속에는 한 가지 생각만이 맴돌고 있었다.

'눈을 감고 그리고 전진하는 거야. 눈을 감고 그리고 전진하는 거야. 눈을

감고 그리고…… 눈을 감고…… 눈을…….'

니꼴라와 마릴린은 한마디도 없이 갑자기 일어나더니 우리에게서 멀어져

공동묘지 옆의 정문으로 갔다. 줄리는 이때를 이용하여

벤치 가운데로 가서 앉으며 두 팔을 등받이 뒤로 하고는 앞에 보이는

D구역의 지붕에 시선을 고정하였다.

왼쪽으로 시선을 주던 나는 침을 꿀꺽 삼키지도 못할 만큼 놀랐다.

내 눈에 줄리의 봉긋한 두 가슴만 보이는 것이다.

어찌 보면 나에게 용기를 주는 것도 같았지만

동시에 사기를 꺾는 것이기도 했다.

나는 이내 바짝 굳어 버렸다.

그 어느 때보다도 얼굴이 달아올랐다.
시간은 아주 느릿느릿 흘러갔다.

빨리! 움직여!
나는 간신히 줄리 쪽으로 아주 조금 몸을 돌리고
마치 무덤 저편에서 들려오는 듯한 목소리로 말했다.

"너의 무릎을 베고 누워도 될까?"

이런 바보 같은 말을 하다니! 난 죽어도 싸!

정말이지 죽고 싶은 심정이었다.

줄리는 미소를 지어 보이곤 내가 허벅지를 베고 눕기를 기다렸다.

그러나 나의 다음 행동은 정말 형편없는 것이었다.

나는 그녀의 허벅지에 내 관자놀이를 붙였다. 그리고 눈을 감았다.

그러고는 속으로 생각했다.

'그래, 눈 감는 건 성공했다.'

그러나 이후 손끝 하나 움직이지 못했을 뿐 아니라

숨이나 겨우 쉬고 있었다. 이 괴로운 시간이 얼마나 흐른 거지?

줄리는 뭔가 기대를 하고 있었지만

아무 일도 일어나지 않으리라는 것을 눈치 챈 것 같았다.

반면 나는 벤치에 누워 주먹을 불끈 쥐고 속으로

'전진, 전진, 전진'만 되뇌고 있었다.

왕립교회당 아래에서 우리 둘은 그렇게 기적이 일어나길 바라고 있었다.

결국 줄리가 먼저 지쳐서 나에게 늦었다고 알려 주었다.

그녀가 등을 풀고 어깨를 수그리자 봉긋하던 가슴이 뒤로 물러났다.

이어 나의 머리가 그녀의 허벅지를 따라 흘러내리는 느낌이었다.

서둘러 몸을 세우는 바람에 발목을 삐끗했다.

가까스로 바보같이 넘어지는 사태는 피할 수 있었다.

그날의 참담한 결말을 말하자면 이렇다.

손을 잡으려 하자 줄리의 손이 내 손에서 빠져 나갔다.

니꼴라와 마릴린은 이미 사라지고 없었다.

드디어 나는 한 시간도 안 되어서 바보 중의 바보가 되었다.

그런데도 줄리에게 키스해야 한다는 생각만이 내 머릿속을 가득 채우고 있었던 것이다.

키스 비서

누구든 날 좀 도와줘

줄리는 뛰어서 달아났고 나는 그곳에 남아 눈앞에 펼쳐진 풍경을
바라보고 있었다, 세상 다 산 노인처럼.
니꼴라가 보고 싶었다. 마릴린과 같이 있을지라도 상관 없었다.
조금이라도 위안을 받고 조언을 얻을 수 있다면.

그러나 나는 혼자 교회당을 내려가 학교로 가서
썰렁한 자전거 보관소에서 자전거를 찾았다.
앙페르가로 되돌아가고 싶은 마음은 없었기에

샤마르 구역의 탑들을 지나가는 길로 방향을 틀었다.

당연히 집에 늦게 왔다.

부모님은 이미 점심 식사를 하고 있었다.

자전거 체인이 고장 났다는 거짓말보다

내 비참한 표정 덕분에 잔소리를 피할 수 있었다.

주말에는 아빠가 시킨 대로 마당에서 풀을 뽑고 땅을 골랐다.

오후에는 자전거로 남쪽 언덕을 달렸다.

그 참담한 이틀 동안 내 마음속에 머문 생각은 어떻게 월요일에 애들한테

웃음거리가 되는 것을 피할까 하는 것뿐이었다.

극단적으로 학교를 땡땡이 칠 생각까지 했다.

그러나 그래 봐야 아무것도 해결할 수 없다.

줄리와 마주칠 것이고 마릴린에게 웃음거리가 될 것이다.

아니면 니꼴라의 질문 공세를 받거나.

감기 바이러스 때문에

줄리에게 키스할 수 없었다고 말할 수도 있다.

또는 키스를 싫어한다고 아니, 줄리에 대한 나의 사랑이 확실한지
기다릴 필요가 있었다고 말할 수도 있었다. 맙소사!
그런 어설픈 거짓말을 누가 믿겠는가!

니꼴라가 필요했다.
니꼴라는 역에서 가까운 빵집인 '하얀 풍차' 근처에 살고 있었다.
학교 가는 길에 그를 만나 이야기해야 한다.
이 쪽팔리는 사태에서 살아남고 줄리를 잃지 않으려면
뭔가 대책이 필요했다.
잠을 설치다가 자명종이 울리기 사십오 분 전에 잠이 깨서는
부랴부랴 준비를 했다.

아빠가 커피를 내리는 동안 차고에서 자전거를 꺼내

비탈길 쪽으로 밀고 나갔다.

빵집 문이 열려 있었다.

나는 아빠의 윗도리 주머니에서 몰래 꺼낸 돈으로 빵 하나를 샀다.

그리고 이제는 얼룩덜룩한 무늬만 남은 오래된 영화 포스터 앞에서

빵을 씹었다. 머리카락이 눈을 덮은 채 니꼴라가 집에서 나왔다.

니꼴라의 걸음걸이에 맞춰 자전거 페달을 밟으며

그에게 나의 바보 같은 실수에 대해 말해 주었다.

그는 줄리와 내가…… 했다고 믿고 있었으므로 꽤나 놀라워했다.

"네가 남자잖아. 안 그래? 그거 말고 믿을 게 뭐가 있겠어?

나라면 뭐라도 했을 거야. 정말이야. 사실, 나도 처음이었어."

"입을 다물고 했어?"

"어, 뭐 그냥 했어, 그냥. 아주 좋았지. 마릴린도 좋아하더라.

그 애가 먼저 한 게 아니고 내가 먼저 한 거야."

"맛은?"

"맛? 모르겠는데? 생각도 안 해 봤거든. 그런 건 없어. 뭐랄까……

축축하고, 따뜻하고, 부드러운 거지."

"어느 방향으로 돌려야 해?"

"방향이라고? 무슨 그런 바보 같은 소리를 하냐? 이건 말이지. 두 입술이
함께 벌어져서는 두 개의 혀가 서로 요령껏 움직이는 거야. 사랑의 물리학
이라고 할 수 있지."

머릿속을 꽉 채우고 있던 키스에 대한 모든 질문들이 무의미해져 버렸다.

그저 숨이 막히지 않도록 주의하면 될 뿐이었다.

자전거를 타는 것과 다를 바 없다.

자전거 페달을 밟을 때 발을 내려다보지 않아도 앞으로 나아가듯이.

"나도 그게 어떻게 이루어지는지 몰랐어.

마릴린한테 사실대로 말해야 하나 생각해 봤는데 그건 아닌 거 같더라구."

나는 대체 키스를 할 생각이 있는 걸까, 없는 걸까.

쉬는 시간밖에 없다. 영어와 역사 시간은 엄두도 낼 수 없다.

허수아비 선생과 빨판 선생은 소리가 나지 않는 고무 밑창 신발을 신고
다녔기에 우리는 이 시간에는 공부밖에 다른 것은 할 수가 없었다.

니꼴라가 선생과 학생, 모두에
게 별명을 지어 주었다는 사실
에 나는 미소 지었다.
'허수아비'는 영어 선생의
별명이고 '빨판'은 역사 선생
의 별명이었다.

역사 선생의 걸음걸이는 아주 독특하
다. 보폭이 크고 마치 스폰지 위를 걷는 듯
어떤 소리도 내지 않았다. 그래서 그는 아무런
기척도 없이 우리 등 뒤에 서 있곤 해서 수업 시간은 늘 조용했다.

우리는 수영장을 지나 학교로 가고 있었다.
학생들의 무리가 점점 더 많아지고
블레즈 강을 건너는 다리 쪽으로 몰리고 있었다.
다리 위에서는 서로들 소리 지르고, 인사하고, 껴안고 있었다.
니꼴라는 여유 있게 첫 키스의 기회를 놓쳐 버린 것을 나무랐다.

오만 가지 생각이나 두려움 같은 것은 멀리 치워 버리고
숨 돌릴 틈도 없이 줄리를 후려야만 했다고.

줄리와 마릴린은 가방을 발치에 두고 등을 다리 난간에 기댄 채
멀리서부터 우리가 오는 것을 보고 있었다.
그들 앞에 다다르자 니꼴라는 둘 모두에게 볼을 맞대며 인사했다.
나도 니꼴라처럼 하려고 했다.
그러나 줄리가 휙 돌아서서 학교로 들어가 버렸다.
그렇다고 니꼴라에게 착 달라붙어 있는 마릴린을 끌어안으며
인사하는 것은 바보 같은 짓이었다.
나는 자전거 보관소의 가장 후미진 곳에
자전거를 세워 두곤 곧장 교실로 도망치듯 달려갔다.

나는 아무 일도 없었다는 듯 행동하며 쉬는 시간을 기다리기로 했다.
그러면 니꼴라가 나를 위해 쓸 만한 대책을 세워 주지 않을까.

지난 토요일 왕립교회당에서 있었던 일들을

다시 한 번 마음속으로 생각하며 수업 두 시간을 다 보냈다.

그러다 한순간에, 니꼴라가 나에게 털어놓았던

그 모든 과정이 생생하게 느껴졌다.

어느 순간 똑같은 움직임으로 열리고

서로 단단히 달라붙은 줄리와 나의,

우리 둘의 입술이었다.

이제 어떻게 줄리와의 문제를 해결할지 감이 잡혔다.

'현관 앞에서의 키스'.

치과에서 우리가 마주쳤던 것처럼 순식간에 이루어지는 키스.

그거였다.

기대와는 달리 쉬는 시간에 니꼴라는 멋진 작전을 펼치지 않았다.

대신 니꼴라는 줄리가 나에 대해 더 이상 듣고 싶어 하지 않는다고 했다.

수업이나 듣는 편이 좋을 거라고 생각한 마릴린이 니꼴라에게 전한 말이

었다. 그게 나쁜 것은 아니라고 니꼴라는 열을 올려 강조했다.

니꼴라는 마릴린에게 나의 선생이 돼 달라고 말했을지도 모른다.

이 자식은 동네방네 소문이나 낼 작정인가?

나는 믿고 있던 도끼에 발등이 찍혔다.

이런 자식이 친구라니.

배신자!

배신

이미 당했다면
응징 따위 필요 없다

교실로 가는 계단에서 우리는 치고받고 싸웠다.

뭘 잘못했는지 알지 못했던 니꼴라는 그저

피할 뿐이었다. 자습 감독 선생이 우리를 떨어뜨려 놓았다.

그리고 나서 수학 시간에 나는 확실히 결정을 내렸다.

더 이상 니꼴라에게는 아무것도 털어놓지 않을 거고,

마릴린을 피할 거고 그리고 줄리를 잊어버릴 것이다.

나를 낳아 준 엄마와 아빠를 원망했다. 아니, 이 우주를 원망했다.

그런데 정말 이상했다.

내 안에서 무언가가 무너져 내렸지만 왠지 홀가분한 느낌이었다.

수치스러움이나 굴욕감은 사라져 버렸다.

월요일 하루는 내 생애에서 가장 긴 날인 것처럼 견디기 힘들었지만 화요일부터 줄리를 잊을 수 있었다. 그날 저녁, 치과 치료 시간에 맞추어 자전거로 시내를 달렸고 좁은 거리를 돌아다니기까지 했다.

프리쥐닉 할인점에 들러 연습장도 한 권 샀다.

저녁에는 잔자갈이 깔려 있는 마당 쪽의 창문을 열어 놓고

내 방에서 글을 썼다.

줄리의 눈동자와 허벅지 그리고 가슴에 관한 세 편의 짧은 시는

곧 모든 여자들의 눈동자와 허벅지 그리고 가슴에 관한 시로 변해 버렸다.

전진할 수 없으니까 시를 쓸 수 있게 된 것이다.

어느 시인의 것인지는 모르지만 아빠가 읊어 주었던 시구가 생각났다.

먼저 섬을 사랑하고 나면 그 섬을 다스리기 쉬워진다.

첫 시들의 초안을 잡으며 나의 섬을 만들어 내는 듯했다.

주변의 다른 섬들이 무엇으로 어떻게 만들어졌는지 몰랐지만

이제 나는 내 안의 보물을 발견했다. 이름 지을 수 없지만

알고는 있는 것. 막연하면서도 동시에 확실한 그 무엇을

손가락 끝으로 만지는 듯한 아주 생생한 이 느낌!

새로운 세계가 나에게 펼쳐졌다.

그 세계를 즐기기로 마음 먹었다.

자명종의 바늘은 아주 정확히

자정을 가리키고 있었다.

기초 조사

다시 처음이라는 듯이

여름방학 때까지 남은 시간을 유용하게 쓸 것이다.

분명 본의는 아니었겠지만 띠뷔르스 선생은 나의 협력자가 되었다.

그가 진료비 청구서를 부모님께 보내는 걸 잊어버린 것이다.

아직 남아 있는 치료를 받으러 내가 다시 오기를 기다렸을지도 모른다.

아니면 채찍질할 고양이들이 생겼든지…….

한편 나는 계속 거짓말을 하기로 결정했다.

화요일과 목요일에 시내에서 보내는 시간들이 소중했기 때문이다.

나는 나만의 시간을 만끽하고 있었다. 일주일에 두 번 자전거를 타고
사람들이 잘 모르는 좁은 골목길을 달리거나 왕립교회당까지 올라가면서
시를 썼다. 이제는 낯을 익힌 노인들이 내게 인사를 건넸다.
그들처럼 나도 그곳의 단골손님이 되었다.
나는 혼자 벤치에 앉아 있거나 그렇지 않으면
계단의 한구석을 차지하곤 했다.

망루나 블레즈 강 너머로 시선을 흘려 보내며 꿈을 꾸었고

시를 조금 썼다. 그리고 시를 많이 읽었다.

새로운 삶이 시작된 것이다.

이제 줄리를 담담한 시선으로 볼 수 있게 되었다. 줄리는 어떤 녀석과

데이트를 했는데 녀석과는 학교 운동장에서도 손을 놓을 줄 몰랐다.

녀석은 4학년으로 이전에 줄리를 쫓아 다니던 녀석은 아니었다.

마릴린은 여전히 니꼴라와 함께였다. 그런 니꼴라의 모습이 놀라웠다.

나는 니꼴라가 날 대신해 줄리와 사귈 것이라고 생각했기 때문이다.

내가 니꼴라에게 거의 말을 걸지 않았는데도

니꼴라는 이전보다 더 우정 어린 눈빛을 보내곤 했다.

그건 정말 신기한 일이었다. 내가 니꼴라를 오해한 걸까.

그는 나에게서 도망치지 않았다. 내가 그를 피하지 않았다면

다툼이 있기 전이나 후나 그의 태도엔 어떤 변화도 없는 게 확실했다.

이유 없이 거리를 두었던 것은 나였다.

줄리를 버림으로써, 아니 그녀가 나를 버린 것을 인정함으로써

나는 제자리로 돌아왔다.

다이빙을 배우는 것처럼 실연을 배운 것이고

다시 모든 여자 애들과 사랑에 빠진 거라고 믿으려 애써 봤다.

몸을 굽힌다. 몸을 굽히되 아주 정확한 한순간, 물리적인 법칙에 따라

손을 앞으로 뻗고, 눈을 질끈 감고 물살을 갈라야만 한다.

그리고 진정한 첫사랑의 떨림이 나를 관통했을 때의 느낌을 잊으려 했다.

난 줄리를 좋아하지 않았다. 결코 좋아한 적이 없다.

나는 모든 여자 애들을 좋아했고 줄리도 그 중 하나였을 뿐이다.

음, 앞으로는 여자 애들에게 접근할 때 줄리에게 했던 것과는 전혀 다르게

할 것이다. 결정적으로 여자들에게 접근하기 전에 체계를 실험해 보기로

결심했다. 아니, 그건 정확한 표현이 아니다.

전술? 테스트? 조사? 그래, 조사!

'사랑에 관한 조사'를 할 것이다.

분석

그녀들의 마음을
현미경으로 볼 수 있다면

나는 여자 애들에게 나의 시를 보여 주고 반응을 보려고 했다.
그건 분명 신상품에 관한 여자들의 의견만큼 가치가 있었다.
엄마가 보는 잡지〈엘르〉의 두 쪽 분량에 해당하는 그런 내용이다.
'그럭저럭 좋아, 별로야, 끔찍해, 멋져, 소화하기 힘들겠는걸' 같은.
줄리의 갈색 눈동자에 관한 시를〈미녀의 검은 눈동자〉로 한 단계
퇴고한 시를 선택했고, 조사 대상은 우리 반으로 하기로 했다.
우선은 평지풍파를 일으키고 싶지 않았기 때문에
우리 반 여자 애들 열세 명 중 한 명을 선택했다.

안느는 나만큼 내성적이었고 도서관을 자주 들락거렸기에

가장 만만한 후보 두 명 중 하나였다.

커다랗고 무거운 회색빛 기계식 타자기로 이십여 줄의 시를 쳤다.

이 타자기는 아빠가 회사에서 가져오지 않았다면

쓰레기통에 버려졌을 게 틀림없을 만큼 오래된 것이었다.

이 타자기로는 읽어야 할 책의 목록을 치거나

내 이름의 철자 바꾸기로 한 쪽 정도를 치거나 언젠가 내가 쓰게 될 소설의

제목들을 시험 삼아 쳐 본 것이 전부였다.

부지런히 두 손가락을 움직이고 보니

〈미녀의 검은 눈동자〉는 좀 더

그럴듯해 보였다. 결과는 썩 자랑

스러웠다.

비록 아빠가 가져온 반

투명의 노란 종이가 조금 초라해 보이긴 했지만.

안느는 말수가 적고 수줍음이 많아서 왠지 친근하게 느껴졌다.

그 애는 수업이 끝나면 처음이나 마지막에 교실에서 나오곤 했다. 그리고 쉬는 시간에도 책을 읽었다.

안느는 푸른 사과 색의 직물이 두 겹으로 엮인 밀짚 가방을 거추장스럽게 들고 다녔다. 가방은 엄마가 미미잔 해변의 모래밭에 가져갔던 비치백과 흡사했다.

반에서 가장 심각하고 미소도 거의 짓지 않는 그녀에게 가방은 일 년 내내 D구역이나 우리에게서 멀리 벗어나 있을 수 있는 자신의 집이나 마찬가지였다.

안느는 교실에서 책상 발치에 가방을 기대 놓을 때를 제외하고는 몸에서 가방을 떼어 놓지 않았다. 오만 가지가 아주 어지럽게 가방 속에 들어 있었고, 그중에는 도서관에서 빌린 두세 권의 문고판 책도 있었다. 대부분 안느의 어깨에 메여 있거나 가끔 팔 끝에 걸쳐 있는 가방, 바로 이 가방 안에서 나의 '사랑에 대한 조사'가 은밀하게 시작될 것이다.

나는 적절한 기회를 노리기 위해 국어 시간을 기다렸다.

국어 담당인 알리스 뽀 조 디 보르고 선생은 날 아주 예뻐했고

나 또한 선생님을 무척 좋아했다.

나는 교실에서 안느 뒤에 자리를 잡기 위해 급히 움직였다.

그리고 조심스럽게 가방이 바닥에 닿는 순간에

그 안으로 시가 찍힌, 열여섯 번 접은 노란색 반투명 종이를 흘려 넣었다.

안느는 곧 쪽지를 발견했지만 다행히도 어디에서 온 건지는 몰랐다.

안느는 수업 초반 몇 분을 이용하여 시를 빠르게 읽었다.

한 번 그리고 두 번.

그녀는 얼굴이 창백해지더니 쪽지를 가방 안에 넣었다.

시간이 아주 느리게 흘러만 갔다.

영성체를 기념하여 대모님께 받은 시계의 문자판이

백과사전에서 보았던 달리의 물렁물렁하고 흘러내리는 시계들처럼

볼 때마다 모습을 바꾸었다.

나는 내가 무슨 생각을 하고 있는지 알지 못했다.

시가 감동적이었을까?

갑자기 이런 조사가 믿을 만할까 하는 의구심이 들었다.

만약 시를 만년필로 썼다면 어땠을까?

수업이 끝나자 안느는 쪽지를 잘게 찢었다.

그리고 서둘러서 밖으로 나갔다. 나가기 전 바로 문 앞에서

안느는 쓰레기통에 〈미녀의 검은 눈동자〉를 버렸다.

나는 마지막으로 교실을 나오면서 시의 조각들을 주웠다.

왜인지는 모르지만 〈미녀의 검은 눈동자〉가

안느의 마음을 움직인 게 틀림없었다.

좀 더 정확히 하기 위해 이 조사를 다시 해봐야만 했다.

안느의 내성적인 성격이 결과를 왜곡할 수도 있었기 때문이다.

안느와는 완전히 다른 조사 대상으로

이번에는 마릴린의 친구 중 한 명을 택했다.

마릴린이 완전 갈색 머리인 반면에 사라는 완전 금발 머리를 하고 있었다.

함께 있는 그들을 보는 것은 정말이지 정신 사나웠다.

나는 이미 대량 조사를 대비해서 시를 여러 편 쳐 놓았기 때문에

위험하더라도 같은 주에 한 번 더 국어 시간을 이용하기로 했다.

사라의 윗도리 주머니를 겨냥했으나 시는 그만 바닥에 떨어지고 말았다.

알리스 뽀조 디 보르고 선생이 그 노란 종이를 가져오라고 말했다.

나는 그것이 내 것이 아니라고 단호하게 말하며 쪽지를 가져다주었다.

알리스 뽀조 디 보르고 선생은 쪽지를 읽어 본 뒤 사라에게 주었고,

사라는 그 글을 읽고 나서 아주 간단하게

그 시가 자신에 대한 시가 아니라고 말했다.

그녀는 푸른 눈을 가지고 있었기 때문이다.

검은 눈이 아니고……

정확히 무슨 일이 일어났는지 이해하지 못했으면서도

교실은 웃음바다가 되었다.

니꼴라조차 박장대소하고 있었다.

정말 비참하게도 선생은 그 노란 종이를 나에게 돌려주더니

내가 만약 다른 글들을 보여 준다면 읽겠노라고 미소지으며 말했다.

나는 선생에게 대답할 수가 없었다.

아주 짧은 시간에 제대로 망신을 당했다.

실연의 아픔에서
보석을 찾는다면?

시간이 걸리더라도, 비굴하게 굴어서라도,

먼지 더미 속에서 희귀한 보석을 발견해야 한다.

그걸 발견하고 나면 어떻게 될까?

나에게 확실한 것이 무엇이며

그것이 나의 사기를 회복시켜 줄지 아닐지 알 수 있지 않을까?

알리스 뽀조 디 보르고 선생이 형편없는 내 시들을 읽게 된다는 것이

나에게는 전혀 위로가 되지 않았다.

하지만 나는 그녀의 제안에 만족했고

글 쓰는 기쁨을 느낀 것에 만족했다.

그리고 이렇게 계속 글을 쓸 수 있다는 게 좋았다.

그러나 나의 첫 키스는 어떻게 됐나?

나는 꼼짝없이 당했다.

나는 학급의 여자 애들 앞에서 공개적으로 무안을 당했다.

우스갯소리를 한 것도 아니고 진지하게 쓴 것들이었음에도.

안느를 통한 '사랑의 조사' 이후 깊이 생각했더라면

더 좋은 결과를 얻었을지도 모른다.

아니다. 벽에다 머리를 들이박는 지금 내 모습은 자초한 일이다.

뭘? 고통 받고 속임당하고 웃음거리가
되는 것! 그리고 결정적으로
구제 불능 바보가 되는 것!
"실패에서 당신은 무엇을 깨달았습니
까?"라는 질문에 대한 보기들에 대해
나는 빠짐없이 해당한다고 대답할 수
있었다.

나는 부모님을 생각하려고 애썼다.

아빠 엄마는 어떻게 키스했을까?

그 생각이 도움이 될 줄 알았는데 아니었다.

키스하는 부모님의 모습을 상상하는 게 무척 거북했기 때문이다.

생각만으로도 속이 느글거렸다.

나는 마치 기생충을 나에게서 떨쳐 버리려는 듯 머리를 마구 흔들어 댔다.

그러고 나자 그 생각은 쏙이 났다.

첫째, 부모님은 키스를 생각해 본 적이 없거나

둘째, 결코 키스를 한 적이 없기 때문이다.

그렇다면 우리 반 아이들 중에 키스를 경험해 본 사람은 얼마나 될까?

나는 곧 결론에 다다랐다. 그건 니꼴라를 포함해서 거의 반 정도가 진실을
숨기고 있다는 것이다. 아마도 마릴린처럼 키스를 잘하거나
바람둥이 기질이 있는 애들은 얼마 되지 않을 것이다.

그 나머지들은 니꼴라나 줄리처럼 최근에야 몇 발자국 내디뎠을 거다.

그리고 국어 시간에 낄낄 웃던 애들 중 대부분은

나처럼 해결법을 찾지 못해서 속으로 쩔쩔매고 있을 것이다.

이 모든 사유의 먼지 속에서 나는 보석을 찾아내고 있었다.

나는 내가 생각했던 것만큼 구제 불능 바보는 아니었다.

나는 정신적인 문제가 있는 게 아닐 뿐더러

강박증 환자도, 미치광이도, 변태도 아니었다.

나쁘게 말한댔자 아직 이 분야에 있어 그렇게 뛰어나지 않을 뿐이었다.

경험이 부족하니까. 그래, 그거였다. 이제 막 시작했으니까.

선생이 필요하다는 생각을 다시 해봤지만

니꼴라의 가르침은 마음에 들지 않았다.

그는 나에게 키스에 대해 기술적인 것을 알려 주려고 했지만

글쎄…… 모르겠다.

내게는 오히려 '보편적 사랑' 이라든지
'사랑의 시학' 같은 것이 필요했다.
이름은 없지만 그것이 어떤 건지 확실히 알고 있다.
그것은 키스의 기술 같은 것과는 비교할 수 없을 만큼 경이로울 것이다.
그것은 원자적인 어떤 것이어야 했다.
그러자면 나에겐 당연히 여자 선생님이 필요하다.
단, 마릴린 같은 계집애는 말고.
나는 곧 먼지 속에서 빛나는 두 번째 보석을 찾아냈다.
그래, 나는 수많은 시를 쓰게 될 것이다.

열정

나만의 보물 상자에
담아 두고 싶지만

시를 쓰기 위해서는 무엇보다 공책이 필요했다.

헝겊으로 싸인 두툼하고 근사한 공책.

굳이 힘들이지 않아도 흐르는 상상력에 이끌린 펜촉이

끊임없이 미끄러지듯 나아갈 수 있는, 매끈한 종이로 된 두터운 공책이.

내가 그 공책에 시를 쓰고 나면, 알리스 뽀조 디 보르고 선생은

내게 '사랑의 시학'을 지도해 줄 개인 교사가 돼 줄 것이다.

오월의 그날 밤 나의 방에서 저녁 식사 후 별똥별이

내 방의 작은 창문 앞을 잇달아 지나가는 것처럼

이 모든 것들이 한꺼번에 생각났다.

나는 타자기를 앞에 놓고 앉아서 정원의 잔자갈을 보며 미소 지었다.

타자기로 글자를 치기 시작했다.

사랑, 시선, 입맞춤, 코 등을 표현하는 단어들…….

6학년에 올라갈 때 L구역에서 기념으로 준 라루스 소사전과

일층 거실 장식장에서 한자리를 차지하고 있다가

지금은 지하 내 방에서 내가 독점하는 라루스 대백과사전을 사용하였다.

그게 아빠의 신경을 건드렸지만 그럼에도 아빠는 내버려 두었다.

알리스 뽀조 디 보르고 선생님의 코는 아름다웠는데

시로 쓰려고 하니 눈앞에 잘 그려지지가 않았다.

무엇보다 그녀는 나의 선생님이므로 그런 시를 써서 보여주는 게

여간 민망한 일이 아니라는 걸 조금씩 실감하게 되었다.

선생의 코에 대해 시를 쓰고 그 시를 보여 주려면 약아야 했다.

줄리의 코를 떠올리면 알리스 뽀조 디 보르고 선생의 코가

더 잘 그려질 수 있을까?

사전이 나에게 아주 확실한 대답을 주었다.

그건 '코'라는 항목에서 찾은 앙드레 지드의 한 문장이었다.

무언가를 잘 묘사하기 위해서 굳이 코앞에 둘 필요는 없다.

결국 방향을 제대로 잡은 것이다. 유명한 작가와 백과사전이 확신을 줬다.
날씨가 맑았다. 여름밤보다 선선했다.
공기를 가르며 종소리가 울려 퍼지기를 기다렸다.
영원을 약속하는 날이 샐 것 같았다. 창문을 활짝 열고 미끄러지듯 밖으로
나갔다. 자리를 정리하는 겁 많은 고양이처럼 잔자갈 위를 네 발로 기어 나
갔다. 테라스로 오르는 계단참에 이르러 벽 위로 막 자란 포도 나무의 어린

줄기에 등을 기대고 계단에 자리를 잡았다.

주위는 소리 하나 없이 조용했다.

사람들은 잠을 자거나 어둠 속에서 텔
레비전을 보고 있었다.

푸른 섬광이 할로겐 가로등의 노란
불빛에 얼룩무늬를 만들어 내었다.

연습장을 무릎 위에 놓고
새로운 시를 꿈꾸었다.

사랑에 관한…… 알리스 뽀조 디 보르

고 선생에게 줄리의 젖가슴에 관한 시를 보여 준다는 게 쉽지는 않겠지만
그런 것쯤은 극복해야 했다.

알리스 선생은 사랑에 관한 시를 엄청나게 많이 알고 있을 게 분명했다.

그럼 결국 사랑은 무엇이었을까? 내가 내릴 수 있는 유일한 해답을
다니엘 비가라는 시인에게서 얻었다.

현대시 선집에서 읽은 그의 시에서 '모든 사랑의 강변' 이라는
표현에 깊이 감명 받았다. 사랑은 분명 하나의 섬이었다.

높은 습도 때문에 더 이상 마당에 머물 수 없었다.

환기창을 통해 마치 다이빙하듯이 내 방으로 내려왔다.

그리고 서둘러 내 타자기 쪽으로 갔다. 나는 엄지와 검지를 바쁘게 움직여

나만의 '섬'을 만들었다. 마치 미치광이처럼, 요란한 소리를 내며 이십 분

동안 그치지 않고 타자를 치자 아빠가 잔뜩 화가 나 내 방에 들어왔다.

"이런 짓을 또 하면, 그 타자기는 없는 줄 알아. 자라!"

아빠는 불을 끄고 문을 꽝 닫았다. 바보같이, 아직 옷도 벗지 않았는데……

침대 머리맡의 램프를 켰다. 내일 당장 공책을 사기로 결정했다.

아빠의 옷 주머니에서 미리 꺼내 두었던 돈으로.

내 '섬'의 시작 부분을 다시 읽어 보았다. 그 섬은 굉장히 아름다웠고

알리스 선생이 그 물 위에 떠 있었다. 그녀가 그 섬에 올 것 같았다.

알리스 선생의 얼굴과 줄리의 얼굴을 그리며 잠이 들었다.

알리스 선생과 줄리가 돌아가며 나에게 키스를 했다.

결국 내 첫 키스는 어찌 되었는가.

나는 나의 '섬'을 가지게 되었다.

섬

서투른 시

내 섬은 색깔들이 지배하고 있었다. 내 시 안에는 접시꽃의 연보라색, 남색, 진홍색, 적옥색, 담황색, 갈색, 살구색, 베이지색, 암홍색, 아몬드색, 오렌지색, 군청색, 주홍색, 심홍색, 체리색, 선황색, 짙은 자주빛, 블러드 오렌지빛, 연어 살빛, 라일락 꽃의 연보라색, 붉은 산호빛, 꿀빛, 불꽃색, 금색, 은색, 지평선 위 거대한 레몬의 색, 푸른 하늘빛, 황금의 노란색, 바랜 흰색, 아니스 열매의 녹색, 자외선 색, 내 심장의 작렬하는 붉은색이 있었다.

그 다음날 점심 식사를 걸렀다.

110

종이 때문에 독특하고 감미로운
냄새가 나는 시내의 종이 가게
로 곧장 갔다.
그 가게는 이제는 기숙사형
기술 고등학교가 되어 버린
학교에서 멀지 않은 곳에 있
었다.
아빠의 옷 주머니에서 미리 꺼내
놓은 돈으로 오묘한 광택을 내는 흑보라색 표지에 얼음같이
반질반질한 종이로 된 가장 훌륭한 공책을 살 수 있었다.

새 공책과 연습장과 사과 파이를 들고 걸어서 왕립교회당에 올라갔다.
구석에 자리를 잡고 새 공책에 나의 '섬' 을 옮겨 쓰려 했다.
나의 영토를 한 바퀴 도는 듯한 느낌을 생생히 느낄 수 있었다.
이제 알리스 뽀조 디 보르고 선생에게 보여 주는 일만 남았다.

부질없는 짓인 줄 알면서도 알리스 선생이 나를 자극했기 때문에

나는 기회를 엿보며 반투명 종이에 쓰인 나의 '섬'을 청바지 주머니 속에
넣고 다녔다. 그러면서 가끔씩 꺼내서 다시 읽곤 했다.
읽고 나면 다시 칼처럼 접어서 집어 넣었다.
잘못된 철자를 하나 고치고 단어 하나 그리고 구절 하나를 수정했다.

나는 망설이고 있었다. 종이는 점점 낡아 가고
시는 내가 처음 쓰기 전 상태로 돌아갔다.
내 '섬'은 가라앉고 만 것이다.

가라앉은 것은 〈신비한 별〉이란 이름의 '섬'이었다.

땡땡이가 그랬던 것처럼 나도 물에 뛰어들어야 했다. 모든 것에 싹을 틔우고 생명을 불어넣어 눈 깜짝할 새에 그것들을 우람하게 키우는 신비한 별 똥별의 단 한 조각을 구해 내기 위해.

그렇게 거대한 거미들 같은 공포에 대항하기 위해 싸워야만 했다.

B동 삼층에서 오후 여섯 시 쉬는 시간에

3학년들과 이동하고 있던 알리스 뽀조 디 보르고 선생과 마주쳤을 때

나는 외치다시피 그녀에게 인사를 했다.

알리스 선생은 반은 놀라서 그리고 반은 재미있어 하면서 나를 보았다.

"그래서?"라고 그녀가 말하는 것 같았다.

복도 끝 계단에 다다라서야 선생의 멀어진 뒷모습에 대고 중얼거렸다.

"오늘 저녁에 제 시를 보시게 될 겁니다."

A동 일층에 있는 교무실에 들어갔다.

왜 왔느냐고 묻는 빨판 선생에게

뽀소 디 보르고 선생님의 정리함에 넣을 비밀 편지가 있다고 대답했다.

빨판 선생이 손을 내밀었지만 나는 대담하게도 봉투를 달라고 했다.

빨판 선생이 봉투를 내주어서 도리어 내가 놀랐다.

나는 단번에 봉투에 침을 발라 내 '섬'을 밀봉해 버렸다.

그러자 빨판 선생은 아주 유연한 몸놀림으로

알리스 선생의 정리함을 향해 손을 휘둘러 봉투를 날려 보냈다.

그러고는 볼펜을 딸깍거리며 자신의 일을 계속했다.

적

거미는 어디든 있는 법

이틀 후 다시 국어 시간이었다.

하루 중 마지막 수업인 데다가

알리스 뽀조 디 보르고 선생의 말과 몸짓을 해석하려 애쓰느라 진이 빠졌다.

나에게 무슨 신호라도 보냈나?

수업 마지막에 알리스 선생은 나를 교무실로 호출했다.

니꼴라는 근심스런 시선으로 나를 바라보았다.

'어디 아프냐?'

내 시는 아주 좋았다. 아직 완벽하다고 할 수는 없지만 이전보다 더 나았다.
물론 아직도 매만져야 할 곳
들이 있었다.
알리스 선생은 나를 도
와주려 했고 연필로 한
두 군데 손봐 주었다.
알리스 선생의 유일한 비
판은 내 사랑의 대상이 명확

하지 않다는 것이었다. 난 당황해서 얼굴을 붉혔다. 뭘⋯⋯ 뭘 원하는 거였
을까? 사실 내 시는 어느 정도 모든 여자를 대상으로 하는 바람에 진짜 대
상이 없게 된 것이었다.

나는 시선을 돌리며 이 순간 눈을 감을 수 있기를 바랐다.
알리스 선생이 거대한 거미로 변했기 때문이다.
눈을 찌르는 그 거미로⋯⋯.
그녀는 자신이 나에게 상처를 주었다는 것을 알아챘는지 곧 말을 이었다.
시가 사랑의 감정을 잘 표현해 줄 수는 있지만

사랑을 대신할 수는 없다는 것이었다.

결국 어떻게든 대체할 수 없다는 것이다.

어쨌든 알리스 선생이 하고자 했던 말은

소질이 있다는 것과 노력하면 멋진 시를 쓸 수 있으리라는 것,

그리고 아마도 언젠가 작가가 될 수도 있다는 것이었다.

알리스 선생이 빈말을 하는 건 아닌 것 같았다.

"내가 도와줄게. 하지만 너 역시 네 삶을 살아야 해. 네 나이에는 진실한 감

정을 느끼는 것이 무엇보다 중요해. 그런 감정들을 두려워해선 안 돼.

또한 그런 감정들을 말속에 묻어 두었다가 아무 여자에게나

던져 주는 것도 좋지 않아."

알리스 선생은 미소를 보내고 내가 이해했는지 아닌지

가늠하고 있었다.

내 사정과는 상관없이 그녀의 조언을 들어야 하는 것에 화가 났다.

나는 알리스 선생에게 내성적이고 못생긴 사람이라면

그렇게 하기가 더 어렵다고 얼버무리며 말했다.

그녀는 분명 이런 문제를 당해 본 적이 없을 것이다.

눈동자, 알리스 선생의 아름다운 푸른 눈이 나에게 은밀히 키스하였다.

분명히 그랬다. 알리스 선생은 내가 걱정해야 할 것은

나의 내성적인 성격뿐이라고 분명하게 말해 주었다.

복도에서 울려 퍼지던 소리들이 멀어져 갔다. 계단을 채우던 무리의 소리

도 조용해졌다.

얼마 후 우리는 이층을 차지한 마지막 사람이 될 것이었다.

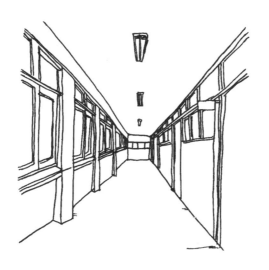

알리스 선생은 내가 불편해한다고 느꼈는지 나가자고 했다.

나는 알리스 선생을 따라갔다.

우리는 나누어야 할 비밀을 찾는 것처럼 잔걸음으로 걸어갔다.

나는 알리스 선생이 용기를 북돋워 주는 말을 한마디 더 해 주길 기대했다.

알리스 선생은 아마도 내가 좀 더 결단력 있게 행동하기를 기대했을지도

몰랐다.

알리스 선생은 명석했기에, 나에게 어떤 희망도 남겨 놓지 않았다.

하지만 나는 그녀가 학교 정문 끝에서

아주 빠르게 '현관 앞에서의 키스'를 해 주기를 바라고 있었다.

알리스 뽀조 디 보르고 선생은 나에게 슬쩍 인사를 하고는

선생님들이 주차하는 곳으로 가더니 자동차들 사이로 사라져 버렸다.

누가 휘파람을 불었다. 니꼴라였다.

우정

내 친구는 그녀와
사귀지 않는다

니꼴라는 나를 몹시 보고 싶어했고, 그래서 나를 기다렸다.

그보다 솔깃한 것은 그에게 계획이 있다는 것이었다.

그의 집까지 바래다 줄 시간이 있다면

가는 길에 그걸 말해 줄 참이라고 했다.

그를 바래다 주면 당연히 집에 늦을 것이라는 것을

잘 알고 있었지만 습관적으로 시계를 들여다보았다.

그러나 니꼴라의 제안이 마음에 딱 들었다.

더 안성맞춤인 날은 없었다.

'물렝 블랑'과 L구역 사이에서 부모님을 만난대도 둘러댈
말을 생각해 낼 시간은 충분했다.

"내가 제대로 본 게 맞아. 우리의 모험이 시작되고 넌 궁지에 몰렸어. 정말
이지 그랬어. 내가 널 비난한 적 없잖아. 그렇지? 단지 넌 길을 잘못 잡은
거야. 네가 시를 쓰게 된 건 정말 잘된 일이야. 네가 재미있어 한다면 말야.
하지만 너도 알겠지만 지금 네게 중요한 일은 시와는 아무 상관이 없어.
하아, 난 이미 해봤잖아. 그러니 전문가로서 완벽하게 말할 수 있어. 네가
코르시카 여자, 그러니까 뽀조와 뭘 했는지 봤어. 내가 바라는 건⋯⋯ 아니
야, 좋아⋯⋯ 그녀와⋯⋯ 난 그녀를 알리스라고 부를 수 없어. 선생이잖아.
그러니까 그녀와⋯⋯."
내가 꿈도 못 꿔 본 일들을 그는 내가 그녀에게 바라고 있다고 믿고 있었다.
"어찌 되었든 그 여자는 나이가 너무 많잖아. 서른 살은 됐을걸? 피할 수
없는 진실이야. 그래 좋아. 한두 살 정도야 별것 아니지만 이 경우는 끔찍
한 거야. 만약 내가 관심을 가진 여자가 나보다 열다섯 살이나 많다면 내가
그런 관계를 생각이나 할 것 같아? 그러니까 내 생각에 너와 그녀는,
어⋯⋯ 그러니까⋯⋯ 좋아, 단도직입적으로 말하지."

니콜라가 정말로 하고 싶었던 얘기는 그 다음이었다.

우리는 역에 다다랐다.

이 길은 니꼴라의 집으로 가는 지름길도 아니고 기분 좋은 길도 아니었다.

굽은 보도로 갈 때면 자동차들이 우리를 스치듯 지나가곤 했기 때문이다.

학교에서부터 니꼴라는 그 어느 때보다 더 많이 말을 했고 빨리 걸었다.

내 자전거 때문이다. 자전거 타는 사람이 옆에 있을 때 걸음은 으레

빨라지기 때문이다.

우리는 기차역의 주차장 옆에 있
는 버스 정류장에 있었다.

니꼴라는 마치 기회를 노리는 사
냥개처럼 서 있었다.

그가 창백한 얼굴로 나를 향해
뒤돌아섰다.

"니꼴라, 왜 그래?
어디 아픈 거니?"

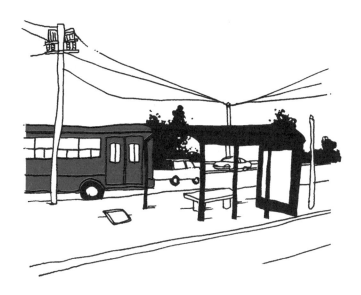

"아니, 아주 중요한 이야기를 하려는 거야."

"여기서?"

"저기서."

그는 역 구내식당 정면에 있는 밤나무 아래로 나를 이끌었다.

"그 애는 더 이상 마크와 데이트 안 해."

"누구?"

"내 말은…… 나, 난 말이야. 줄리와 데이트 하지 않았어.

줄리가 데이트했던 4학년 A반의 그놈 말이야.

그 둘은…… 끝났어. 줄리는 더 이상 그놈이랑 사귀지 않아."

"난 상관없어."

"아니야, 상관있어. 자전거 이리 줘. 여기서 기다릴게."

"네 말은 그러니까……."

"신문 가판대 옆이야."

사과 맛

반짝이는 햇빛과
사과 맛 '첫 키스'

커다란 거미들 때문에 거의 눈을 감고 시작한 키스,

치과 현관에서 사고인 듯 우연인 듯 우리 둘의 가슴이 스쳤던 것처럼

시작된 키스, 여행객들 앞에서 얼굴을 붉히며.

내가 다급하게 달려들어 입술을 살짝 놓쳐 버리기까지 한 키스,

그 서투른 첫 키스.

니꼴라가 한 가지는 잘못 알고 있었다.

첫 키스는 분명 축축하고, 따뜻하고, 부드러웠지만

또한 맛을 가지고 있었다. 그것은 사과 맛이었다.

첫 키스에서 중요한 것, 그것은 평생토록 기억하는 것이다.

나의 첫 키스는 정말 길어서 역 앞의 괘종시계를 곁눈질로 볼 시간도 있었다.

맹세코, 우리는 최소한 이십 분 동안 황홀한 키스를 나누었다.

그날 역에서는 차례로 수많은 햇빛이 폭발했다.

우리의 터지는 웃음 속에서.

처음 연애소설을 접한 건 초등학교 5학년인가 6학년 때라 기억한다.
당시로는 꽤 조숙했다고 볼 수 있을 것이다.
그 책은 바로 윌리엄 셰익스피어의 《로미오와 줄리엣》이었다.

《로미오와 줄리엣》의 진정한 맛과 멋을 느낀 것은 그로부터 한참 시간이
흐른 뒤였지만 나는 그 당시 소년 소녀의 사랑 이야기라는 사실에 무척이
나 흥분했다.
특히 나의 상상력과 호기심을 자극했던 부분은 로미오와 줄리엣의 첫 키
스 장면이었다.

훗날 영화에서 그 장면을 영상으로 볼 수 있었으나 이미 그전에 나는 이 책의 주인공처럼 첫 키스의 느낌에 대해 상상의 나래를 펼쳤다.

지금 생각하면 피식 웃음이 나오지만 그때는 진지했고 심각했다.

이 책을 번역하며 나의 소년기를 꺼내 보는 행복도 함께 누렸다.

이 책이 우리 청소년들에게 첫 키스의 설렘을 줄 수 있기를 기대해 본다.

2008년 9월 햇살 따스한 이른 아침

박희세

첫 키스에서
중요한 것은

띠에리 르페브르 글 ● 신얼 그림 ● 박희세 옮김

1판 1쇄 인쇄 2008년 9월 10일 | 1판 1쇄 발행 2008년 9월 20일

발행인 서경석 | 편집인 김민정 | 편집 이윤정

발행처 청어람주니어 | 출판등록 제1081-1-89호
부천시 원미구 심곡1동 353-3 녹십초 그린 아파트 306호
전화 032-663-7993 | 전송 032-663-7994

ISBN 978-89-251-1434-7 43860